님께

설익은 글이오나
아껴 주시기를 바라며 드립니다.

송홍만 제7시집

저녁이 되며 아침이 되니

머리말

　인류의 고향 에덴동산이 무너지고, 태풍 매미가 이 땅을 할퀴고, 지하철 화재로 수많은 사람의 목숨을 뺏아가고, 지루한 장마로 결실이 말이 아닌 한 해가 저물어 가고 있습니다.

　이곳 저곳 두루 다니며 한 줄 한 줄 두리뭉실 글을 모아 제 7집을 내어 놓습니다.

　믿음의 길에서 하나님의 말씀을 깨닫게 하여 주시는 수원제일감리교회 이정찬 목사님께 감사의 말씀을 드립니다.

　《저녁이 되며 아침이 되니》

　아침이 되기를 바래는 나에게 저녁이 먼저 와야 하는 것이 진리임을 깨닫게 하여 주시었습니다.

머리말

　설익은 시詩를 살아 움직이는 글씨로 써 주신 송준용 원장님과 시詩에 곡을 지어 생기를 넣어 주신 송기춘 목사님, 김정수 교수님께 감사드리며, 셋째 딸 설아의 귀여운 솜씨에 흐뭇함을 억누를 수가 없습니다.

　이 글을 묶어 주신 한누리미디어 김재엽 사장님께 깊은 감사를 드립니다.

2003. 첫 눈 소식을 들으며

宋 弘 萬 識

차례

1. 새해 아침 솟는 해를 보며

2. 저녁이 되며 아침이 되니

차례

차례

3. 두릅 향기보다 더 좋으신

차례

4. 아니 온 듯 다녀 가소서

5. 왜 산이 솟아 있고

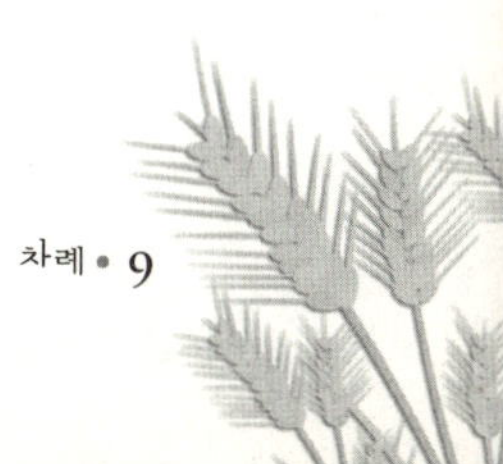

차례

6. 황악산 직지사 둘러보고

차례

1. 새해 아침 솟는 해를 보며

- 새해 아침 솟는 해를 보며
- 그믐달과 샛별
- 날리는 눈을 보며
- 아파 본 사람은
- 시신처럼
- 나는 잊었는데
- 세 자리 숫자
- 머뭇 머뭇
- 물가에서

새해 아침 솟는 해를 보며

어둠 속 돌계단을 더듬어
이름도 고운 비단산(錦山)
보리암菩利菴, 사람에 밀려 오른다.

나뭇가지에 총총이 내려앉은 별
어여쁜 눈썹 그믐달
설레는 가슴 뜨겁다.
밀리고 밀리어
산영각山靈閣 처마 밑에 머문다.

바다 끝과 하늘 사이에
어둠과 환함의 구름 띠
한 가지 소원만을 준비하는 눈빛들
주황색 구름이 자색으로 변하면서
바다 끝과 구름 띠 사이로
내민 혀 끝이 보인다.

찬란한 순간이다.
하나만이 아닌 이어져 나오는 소원
선별할 수 없어
이 욕심 버려 주소서 빌었다.

새해 아침에 솟는 해를
눈 아래로 바라보니
빛은 생명이요 희망이요
기쁨이다.

아!
천지창조를 하신 여호와 하나님
이 놀라운 순간을 보여주시니
감사합니다.

그믐달과 샛별

섣달 그믐 새벽을 열고 눈길을 걸으며
앙상한 나뭇가지 사이로 쫓아 오는
그믐달과 샛별을 본다.

하얗게 밤을 지새운 여인의 눈썹, 그믐달
하루를 기쁘게 맞는 초롱초롱한 눈동자, 금성金星
서로 마주 바라보며 날 새는 줄 모른다.

어느 두메 산골에 살고 있는
선남 선녀
이야기 밤새워 이어졌나 보다.

눈썹만 보아도 고운 마음
눈동자만 보아도 맑은 마음
잘 어울리는 아름다움이다.

날리는 눈을 보며

산 기슭에서
나무 가지 사이로
날리는 눈을 본다.

날리는 눈 속에
그 차가운 겨울이 가고 있다.

소리 없이 떠나간 사람
무거운 침묵이 흘렀다.

이리 저리 휘날리는
함박 눈 송이
오랜 바람 속에 봄이 오고 있다.

잔잔하게 나누는
두 사람이 주고 받는 이야기가 된다.

긴 밤을 잠 못 이룬 상처에
아픔이 사라지는 잠이 어린다.

아파 본 사람은

아파 본 사람은
그 아픔을 안다지만
아픔 지나면 다 잊는다.

날이 새면 집을 짓겠노라
다짐하며 추운 밤을 지내고
새벽이면 잊어버리고 노래 부르는
야명조소조夜鳴造巢鳥

"사람의 심령은
그 병을 능히 이기려니와
심령이 상하면
그것을 누가 일으키겠느냐" (잠언 18:14)

내 몸이 아픈 것은
내 마음에 달렸구나
그릇된 생각
마땅치 못한 행동

아파 본 사람은
그 아픔을 안다지만
아픔이 지나면 다 잊는다.

시신처럼

땀에 흠뻑 젖은 내 옷
다시 입으려니
시신처럼 차갑다.

아니,
너와 나
네가 나요 내가 너였는데

네 속에 내가 있고
내 속에 네가 있었는데

네 몸이 내 몸이요
내 몸이 네 체온이었는데

혼 떠난 몸, 영혼 떠난 마음
사랑 떠난 마음과 마음

시신이나 다름없지

나는 잊었는데

가자면 언제나 나서주는
고마운 이웃,
이상원李相元 님은
고향故鄉이 함경도咸鏡道란다.

"부모님 모시고 이렇게 이 길을 달려 보았으면"
이 말 한 마디를
만나는 고향故鄉 사람들에게 전한단다.

언젠가
내 고향 남양南陽에 함께 가며
부모님 걸어 다니시던 길
이 길을 자동차自動車로 달리며 한 말이다.

그 말을
나는 잊었는데,
내가 한 말을 나는 잊었는데

말 한 마디,
누군가의 가슴에 못을 박은 일인들
어찌 아니 없을까

세 자리 숫자

새벽이면 혈당 값을 잰다.

120이 정상이라는데
200을 넘을 때도 있고
100이 안 되는 때도 있다.

정상이 아닐 때면
무슨 음식을 먹었나
식후 운동은 하였나
곰곰이 되돌아본다.

지나친 욕심을 부렸나
이웃을 미워했나
분노를 참지 못했나

이것까지도
세 자리 숫자를
오르내리게 한다.

이제는
말씀대로 살았는지까지도
돌아보아야 하겠다.

머 뭇 머 뭇

이른 새벽
잠 깨어 보니
보름달
창문에 머 뭇 머 뭇

동구 밖 나서며
뒤돌아 보니
어머님
아직도 머 뭇 머 뭇

마땅히 할 바
선뜻 따르지 못하니
성령님
지금도 머 뭇 머 뭇

물가에서

— 안성安城 용설龍舌 저수지에서

용의 혀 닮은 실개천 따라
달맞이 꽃 핀 들길을 지나면
꿈 속에나 본 듯한 저수지가 있다.

산 그림자 물 속에 잠기고
미루나무 한 그루
어린 시절 걸려 있다.

어울리지 않는 서먹한 새집
생명 없는 꽃 장식 가득한 식당

그 속에서도
하늘을 보며 물을 보고
이따금 고기를 낚는 마음도.

속내를 알 수 없는 물 위로
흰 구름만 지난다.

2. 저녁이 되며 아침이 되니

특별한 성탄절

— 가족 찬양대회에서

아주 멀고 먼 옛날
유대 나라 예루살렘의 마구간
조용한 이른 새벽
그 때의 일이 아닙니다.

바로 지난 밤
내 마음 속에서의 일입니다.

모르게 지은 죄
알면서 지은 죄
뜨거운 불덩이로 가득찬
내 마음 속에서의 일입니다.

캄캄하고 무거운 지난 밤
거칠고 힘든 벌판에서
지친 몸으로 별을 보았습니다.

오늘 이른 새벽
그 별을 따라
아기 예수님은
내 마음 속에 오셨습니다.

크고 무거운 내 죄 사해 주시고
언제나 함께 해 주신다고 약속하셨습니다.

아!
평안하고 잔잔한 마음
오늘은
아주 특별한 성탄절입니다.

새로 오신 주님

가슴앓이 석삼년
부어도 차지 않고
태워도 끝이 없는
성난 파도 이어지는 내 마음

그 거칠고 쓰라린 마음 속에
천사의 소리 들린다.
나를 구원하실 주님 오신다는
크고 좋은 기쁜 소식

새로 오신 나의 주님
내 마음에 모시어 드리네
새 싹을 키워 주소서
새 싹을 가득 채워 주소서.

부드러운 마음

— 에스겔 11:19-20 말씀

반가운 새소리
이른 아침 산길에
기쁜 인사 받으니
마음 부드러워진다.

모든 것 용서 받으니
두렵지 아니 하고
온유하여
말씀의 씨
옥토에 싹이 튼다.

부드러운 마음
하루 종일 품고서
기쁜 인사로
마음 부드러워진다.

나의 마음은

나의 마음은 애굽왕 바로의 마음

말씀을 마음에 두지 아니 하고
이스라엘 백성을 보내지 아니 한다.

아홉 번째 장자 죽음의 예고를 듣고도
보내준다던 내 마음을 바꾼다.

내 죄를 용서해 달라면서도
날이 새면 말바꿈을 되풀이한다.

처음 난 것은
바로의 장자로부터 여종의 장자까지
가축의 처음 난 것까지

죽음을 당하고서야 보내면서도
뒤를 쫓아 병사를 보낸다.

질기고 질긴 욕심이로다.

바로의 마음을 나는 안다.
바로의 마음은 나의 마음이다.

하나님은 언제나

하나님은 언제나
내 전화를 받아 주신다.

부재 중, 통화 중 없는
직통 전화.

하나님은 언제나
내 전화를 기다리신다.

난 아직도

난 아직도 출애굽 중이다.

하나님의 열 번째 재앙을 당하고서야
바로는 하나님의 백성 이스라엘을
종살이에서 놓아주었다.

풀려난 이스라엘은
젖과 꿀이 흐르는
가나안으로 구름기둥 불기둥을 따라가고 있었다.

나도 하나님의 은혜로
무서운 죄악의 종살이에서
구원의 말씀 들으며
주님의 손을 잡고 따라 나섰다.

이스라엘은
뒤쫓는 바로의 병거와 군사를
하나님이 홍해 바다 속에 묻으시는
그 크신 하나님의 손을 보았건만
목이 마르다 배가 고프다
고기 가마 곁에 앉아 배불리 먹던 때가 좋았다

원망과 불평을 일삼았다.

나도 말씀 믿을 수 없다며
그 달콤한 때가 좋다며
멀리 도망가며 방황을 한다.

하나님은 벌써 여호수아 세워
가나안으로 인도하실 준비를 하셨건만.
방황을 하고 있다.

아직도 지켜 주신다

하나님은

하늘로 덮어 주시고
땅으로 받혀 주시며

앞에서 끌어 주시고
뒤에서 밀어 주시며

옆에서 함께 하시고
아직도 지켜 주신다.

대부도에서

미리암의 노래

― 출애굽기 15장 21절 말씀

"너희는 여호와를 찬송하라
여호와는
높고 영화로우심이시오

말(馬)과 그 탄 자를
바다에 던지셨음이로다."

아론의 누이, 선지자 미리암은
뒤쫓는 바로의 병거와 마병을
홍해 바다 속에 묻으신
그 크신 하나님의 손을 보며
노래하였다.

내가 살아온 길에도
하나님은
숱한 바로의 군사와 병마를
깊은 물 속에 묻었노라.

하나님을 찬송하노라
구원해 주신 그 크신 사랑을.
내 생명 다할 때까지

하늘 나라에 가서도
내가 부를 나의 노래여

내가 넘어지나

아브라함은 조카 롯을 보내며
"네가 좌 하면 나는 우 하고
네가 우 하면 나는 좌 하리라"
양보를 한다.
(창세기 13장 9절)

하나님은 그람 왕 아비멜렉에게
"네가 돌려 보내지 아니 하면
너와 네게 속한 자가
다 정녕 죽을 줄을 알지니라."
(창세기 20장 7절, 신명기 22장 22절)

"내가 넘어지나
아주 엎드려지지 아니 함은
하나님이 손으로 붙들고 계심이로다."
(시편 37편 23절-24절)

가슴 살, 조각나는 아픔이야
죽음보다 더하랴
항상 기도로 이기리라
"두려워 말라
놀라지 말라."
(신명기 31장 8절)

부족함 없도다

"많이 거둔 자도 남음이 없고
적게 거둔 자도 부족함 없었다."
                    (출애굽기 16장 18절)
신 광야에서 원망하는 이스라엘 자손에게
여호와 하나님이 주신 만나

"통의 가루가 다하지 아니 하고
병의 기름이 마르지 아니 하니라."
                    (열왕기 상 17장 16절)
가루 한 웅큼과 기름 조금뿐이라
나뭇가지 주워 아들과 함께 죽으려던 사르밧 과부에게
여호와 하나님은 엘리야를 보내 말씀 전했을 뿐인데

"이 물을 먹는 자마다 다시 목 마르려니와
내가 주는 물을 먹는 자는 영원히 목 마르지 아니 하리니
나의 주는 물은 그 속에서
영생하도록 솟아나는 샘물이 되리라."
                    (요한복음 4장 13절 14절)
예수님은
물을 떠주는 불쌍한 사마리아 여자에게
말씀하셨을 뿐인데

내가 받은 하나님의 구원 남음이 없고
내게 주신 하나님의 은혜 부족함 없도다.
날마다 말씀을 묵상하나
때때로 말씀을 어기는 나에게
성령님은 인도하여 주시기에

그렇게 살다가

희양산曦陽山 봉암사鳳巖寺에는
희한한 일도 많다.

떠들썩한 세상스럼과는 달리
엄격嚴格한 선승禪僧님 수도량修道場

일년 하루만 문을 열어
더욱 기다려지는 곳이다.

이곳에서
서암西菴 큰 스님은
"달리 할 말 없다. 정 누가 물으면,
그 노장, 그렇게 살다가 그렇게 갔다고 해라.
그게 내 열반송涅槃頌이다."

조용히 지나가신 큰 스님은
우리에게
"남을 위하여 마음 쓰는 것이
자기가 사는 길이라" 일러주시었다.

사도 바울은

"누구든지 자기의 유익을 구치 말고 남의 유익을 구하라."
(고린도 전서 10장 24절) 말씀하셨으나,

지금 우리는
이렇게 살다가 이렇게 갈 것인가

새 하늘과 새 땅

— 이사야서 65장

이른 새벽 숲 속을 걷는다.
큰 나무는 하늘을 가리고
작은 나무는 땅을 덮었다.

덩굴은 땅이 모자라 나무를 타고 오르며
나무는 하늘이 모자라 더 높이 솟는다.

그런데,
서로 해함도 없고
서로 상함도 없다.

나무는 풀에게 하늘 틈을 내어주고
풀은 나무에게 땅의 사이를 내어준다.

"보라 내가 새 하늘과 새 땅을 창조하리니,
나의 성산에서는 해함도 없겠고 상함도 없으리라."

이른 새벽 숲 속을 걸으며
나는 보았다
새 하늘과 새 땅을.

그렇소이다

— 찬송가 204장을 찬양하며

그렇소이다
그렇소이다

걸어온 한 발짝 한 발짝이
살아온 한 순간 한 순간이

하나님의 은혜로다
하나님의 은혜로다.

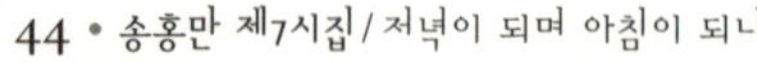

저녁이 되며 아침이 되니

― 창세기 1장 5절

창조하신 천지만물은
공허 혼돈 흑 암뿐이었다.
빛이 있으라는 말씀에
천지 만물이
가득차고 질서 있고 환하였다.
밤과 낮도 생겼다.

내 몸과 마음도
공허 혼돈 흑 암뿐이었다.
하나님의 말씀 듣고
내 마음이
가득차고 질서 있고 환해졌다.
선과 악을 알았다.

"저녁이 되며 아침이 되니
첫째 날이다."(창세기 1장 5절)

기쁘고 즐겁고 환한
아침이 먼저이길 바랬는데
어둡고 괴롭고 힘든
저녁이 먼저 와야 아침이 된단다.

쓰디쓴 괴로움이며
마음의 거친 풍랑이며
저녁이 오는 것은
소망의 아침이 되려는 것.

저녁이 되면
어찌 아침이 멀었겠는가

부흥회復興會에서

삼십 여년 전 부흥회復興會를 따라간 일이 있다.
박태선 장로長老의 손짓 발짓만 있었다

이십 여년 전 교회敎會 출석出席하며
말씀 믿으려 애쓴다.

선진들의 믿음을 성경聖經에서 만나며
그 놀라운 믿음과 행함을
따르려는 다짐만 되풀이한다.

부흥회復興會, 천국 잔치, 말씀 잔치,
부흥復興 목사님의 말씀 증거를 듣다 보면
아쉽다.

새벽 길섶 이슬에 바지 가랑이가 젖듯
소리 없는 보슬비에 속옷까지 젖듯
내 마음 은혜恩惠의 말씀에 흠뻑 젖고 싶다.

"간절한 마음으로 말씀을 받고
이것이 그러한가 하여
날마다 성경聖經을 상고詳考한다."
(사도행전 17장 11절)

늙은이의 아름다움

- 잠언 16장 31절, 20장 29절

하얀 머리 흰 수염 흰 눈썹(白眉)
백발 노인을 보면
아름답고 미더워 고개 숙여진다.

백발은
영화로운 면류관
의롭게 살아가며 받는단다.

근면 절제 경건 믿음 사랑 인내
마땅히 할 바를 피하지 아니 하는 길
그 길 걸으며 받은 상이기에
곱고 아름답다.

할 수 있는 때에는
지켜 보시고
혼자 못 할 때에는
몸소 하여 주신
주님의 은혜

그 은혜 깨달으며
살아온 나날이기에
아름답고 고와라.

서너 가지 죄로

헤아릴 수 없는 죄
그 전부 때문이 아니요
서너 가지 죄로
벌을 돌이키지 아니 하신단다.

드고아 고원高原에서
양을 치고 뽕나무 기르던
아모스는 알려 주었다.

선택 받은 이스라엘 뿐만 아니라 그 이웃 모두가
압박, 학대, 위약, 음행, 살인
그 많은 죄 중에서도
서너 가지 죄로
벌하신단다.

두렵고 무서운 벌에서
괴롭고 어두운 죄에서
많지도 아니 한
서너 가지 죄로 벌하시던
두렵고 무서운 하나님.

죄인을 부르러 오신 주님
주님을 믿는 자마다 멸망치 않고
영생을 얻는다 하신
인자하신 하나님
내 죄를 용서하여 주시옵소서

말할 수 없는

아름다운 경치를 보면
누구나 그림 같다고 한다.
그릴 수 있는 만큼 볼 수 있기에
그림 같다고 하는 것 아닌가

"말할 수 없는 은사"
살아온 순간마다
걸어온 모퉁이마다
주신 선물 뿐이어라.

"말할 수 없는 말씀"
낙원에 이끌려 올라간
바울은 들었네
가히 이르지 못할 신령한 말씀.

"말할 수 없는 탄식"
성령님은 나의 연약함을 도우사
날 위해 마땅히 빌 바를
친히 간구하시네.

"말할 수 없는 영광스러운 즐거움"

주님 나를 보지 못하였으나
내 영혼 구원해 주시니
즐겁고 기쁘도다.

다 알 수도 없고
다 볼 수도 없으니
말할 수 없는 은혜
갈수록 뜨겁도다.
(로마서 8장 26절, 고린도 후서 9장 15절, 12장 4절,
베드로 전서 1장 8절, 9절)

그리 아니 하실지라도

- 다니엘 3장 16절-18절

다니엘과 두 친구
먼 나라 바벨론에 잡혀 와
느부갓네살 왕명도 물리치고
불 타는 용광로에 던져짐을 택한다.

"왕이여
우리 하나님이 능히 건져 내어 주시겠고
또 왕의 손에서도 건져 내시겠나이다.
그리 아니 하실지라도
왕의 신神을 섬기지 아니 하고
왕의 세우신 금신상金神像에게
절하지 아니 할 줄을 아시옵소서"

하나님은
내가 바라는 바를 이루어 주실 것이며
내가 바라는 대로 아니 하실지라도
살아오며 받은 은혜 놀라와
주님만 믿으며 따라가리다.

그리 아니 하실지라도
어떻든
주님만 따라가는 믿음 주시옵소서.

참지 못했네

오늘도 참지 못했네
그렇게 다짐하며
참으려 했건만.

분통 터지고 나면
참아 온 얼마간이
무너지고 마네

바울 사도는
능력이 약해 온전케 해주는
육체의 가시를
감사한 은혜라 했건만.

참는 힘 약한 내 심령
나의 약점 굳게 길러 주시려
머무는 주님의 능력이신가

"자기로서 자기를 헤아리고
자기로서 자기를 비교하니
지혜가 없도다."
(고린도 후서 10장 12절)

나의 약점 주심
연약한 내 심령 굳세게 하여 주시니
주님의 은혜로다.
놀라운 선물이로다.

정선에서

그루터기로 남게 하소서

- 이사야 6장13절, 10장 21절, 11장 16절

모진 바람 휘몰아치고
힘겨운 헐떡임에 넘어져도
그루터기로 남게 하소서

손 씻고 마음 다짐해도
해 솟으면 되 밟는 발길
그루터기로 남게 하소서

헤아릴 수 없이 되풀이 되는
질고 더러운 길에서
그루터기로 남게 하소서

상함도 없고 해함도 없는
주님의 품으로 돌아와
그루터기에 새 싹 솟게 하소서

3. 두릅 향기보다 더 좋으신

꽃보다 곱다

가을에는
단풍이 꽃보다 곱다.

봄에는
꽃이 단풍보다 곱다.

다시
가을 되면
단풍이 꽃보다 곱다.

그렇게
한 해가 저문다.

제천 의림지

상수리 나무를 바라보며

울퉁 불퉁한 검은 몸 동아리
상수리 나무를 바라본다.

앙상한 가지에
찬 바람 걸렸다.

익어 가던 열매
철새처럼 떠났구나

돌아보는 그리움에
가슴 속 검게 타버렸다.

찬 바람 더 지나면
네 기리는 봄이 오겠지

아름다움

보라, 분홍, 노랑
예쁜 꽃 자루
향기 그윽한
히아신스

어린시절 베틀에서 맞아주시던 어머님
자고 나면 불러대던 소꿉 각시
백일 지난 아기 재롱 몽땅 박히듯
아름다운 히아신스

그래도
대신할 수 없는 아름다움이 있다.

히아신스

꽃은 꽃이다

꽃이야
어디까지나 꽃인데

품은 마음으로
아름다운 임이라 했다.

잎은
그저 잎인 것을

보듬어 주는 꿈으로
나의 임이라 했다.

꽃은 꽃이요
잎은 잎이다.

이제야
꽃과 잎은
누명을 벗었구나.

베들레헴의 별

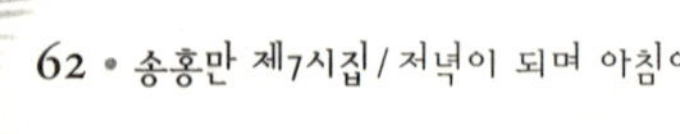

봄에 심어라

국화꽃을 보려거든
봄에 심어라.

한 여름 버려진 채
따가운 햇빛에 델지라도
무서운 소나기 후려치더라도

서리 내리는 가을이면
내가 기리는 아름다움
노란 모습에 그윽함이
비인 마음에 가득하리라.

매서운 겨울잠 깨어난
어린 싹을 옮겨 심은 밤
꿈 속에 향기 그윽하다.

두릅 향기보다 더 좋으신

— 박노택朴魯澤 영감님

경상도 땅 청도 금천 사시는
순박한 어르신이
두릅 순을 많이 보내주셨다.

아내의 전화를 받고
나는 여느 때보다
서둘러 돌아왔다.

두릅 적을 부치고
두릅 나물을 무치고
두릅 회까지 상에 수북하다.

생전에 아버님 모습 떠올라
아들에게
할아버지 산소에 다녀 오라 했다.

그제야 맛을 보니
깊은 산 속 온갖 향기가
입안에 가득하다.

그래도

보내주신 어르신은
두릅 향기보다 더 좋으신 분이구나.

나문재를 뜯으며

바다가 막혀 갑갑한
내 고향 마을

그래도 매 바위에 가면
바닷물을 보겠지

고깃배는 묶여 있고
그물은 버려져 있다.

개펄에 파란 나문재
채송화 잎으로 알 만한 그 잎이
칠년 흉년에도 먹고 남았기에
나문재란다.

짭짤한 맛을 보며 뜯었다.
지난날의 추억을 씹으며 뜯었다.

너무나 텅 빈 바닷가에서
어릴 적 기억을 모두 부르며
나문재를 뜯었다.

갈매기와 나는
철 없는 짓거리를
꾸짖을 뿐이다.

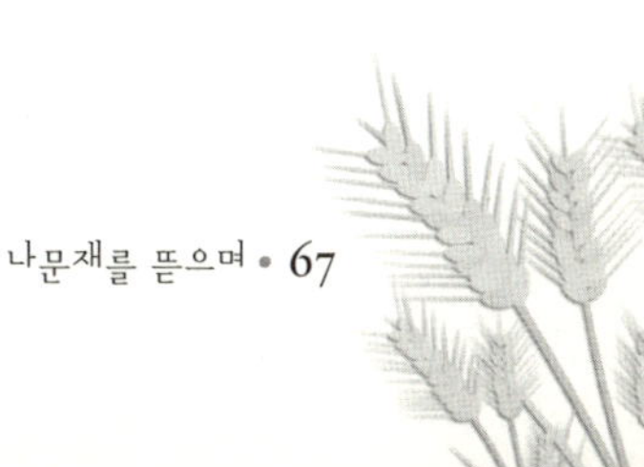
아내와 두 누님

물망초勿忘草를 바라보며

떠나간 사람 잊을 수 없어
기다리다 망울져 슬픈 꽃이여

흘러간 사연 잊지 못해
망울져 기다리건만

떠나간 뒤 모습 잊지 못해
기다리며 망울진
보라색 슬픈 사랑의 꽃

잊지 말아달라고
미련하게 떠나간 사람

잊어 달라며
떠나간 미련한 사람

그래도
잊지 못하며 기다린다.

잊지 않고서야
어찌 아니 오겠는가

옥잠화玉簪花를 보며

무슨 미련 그리 질겨
이슬 타고 밤마다 내려와

다함 없는 정겨움 나누다가

흰색 구슬 비녀
보라색 구슬 비녀

미쳐 두고 올랐나

사과를 따며

- 이강수李康洙 영감님

천등산 기슭 대소강 마을에
홍옥 사과 과수원 있는데
주인도 늙고 나무도 늙어
집마저 허물어져 간다.

맛있는 홍옥보다도
주인 영감님의 고마운 마음은
올해에도 제일 좋은 한 그루
구별하여 내어 주신다.

자루를 목에 걸고
만져 보고 싶었던
예쁘고 빨간 사과를 딴다.

그리운 님 기다림의 뭉침인가
달빛으로 빚어내고
햇살로 익혀 낸 서로의 약속인가

길고 지루한 장마 속에서
어찌도 이리 곱게 생기었을까

"못된 열매 맺는 좋은 나무가 없고
좋은 열매 맺는 못된 나무가 없느니라."
(누가복음 6장 43절)

좋은 나무 곁에는
좋은 주인도 계시구나

갯마을

바닷물 드나들던
내 고향 개죽이는
갯마을이다.

밀물 때면
모가리 누룩지 새우 앞질러 튀고
갈매기 떼지어 날면
내 마음 즐겁고 넉넉했다.

썰물 때면
망둥이 방게 농발이 갯벌에 바쁘고
개흙 투성이 알몸으로 덩달아 뛰며
우리는 그렇게 재미있었다.

그리워 달려가면
갯냉이 나문재 그리운 향기가
달 아래 은밀히 반겨 주었다.

이제는
바다가 막혀 갯마을 아니라
돌아서는 발걸음 무겁다.

대합실에서

오늘은
보낼 사람도 맞을 사람도 없지만
수원역 대합실에 앉았다.

오가는 총총걸음
내 마음마저 급하게 한다.

어린 시절
언제 올지 모르는 기차를 기다리다가
나무의자 틈에서
빈대가 물어
깜짝 놀랐다.

기다리는 사람 없어도 슬프지 아니 하고
떠나가는 사람 없어도 기쁘지 아니 함은
잠시 후
대합실을 나오면
그만이기 때문이다.

그 이름 고와라

서초瑞草
이슬 내린 풀 잎에 상서로운 기운氣運
강가에 흐르는 곳
그 이름 고와라.

권선勸善
착한 일 하자 권하시는 말씀
옛님의 가르침 가득한 곳
그 이름 고와라

천안天安
마땅히 할 바를 다하니
하늘도 평안을 내려 주시네
그 이름 고와라

태안泰安
나라가 태평泰平하고
백성百姓이 안녕安寧하다.
그 이름 고와라

무안務安

힘써 일하며 살아가는데
어찌 평안平安이 없겠는가
그 이름 고와라

산청山清
산이 푸르고 물이 맑으니
하늘과 나무도 푸른 곳
그 이름 고와라.

주안朱安
주主 안에 살아가는 영혼靈魂
항상恒常 기쁘고 즐거우니
그 이름 고와라.

4. 아니 온 듯 다녀 가소서

- 미움 찾지 못했네
- 초대 받은 사람
- 내어 놓고 슬퍼할 수 없거든
- 미워하는 이유
- 우리네 사랑을
- 채울 수 없는 빈 자리
- 그들은 다 거기 있고
- 이렇게 헤어지자
- 두 번째로 잘 하는 집
- 아니 온 듯 다녀 가소서
- 붕어빵에 붕어가 없듯이

미움 찾지 못했네

산은 부서지고
개울 사라졌어도

언덕 위 아지랑이
산 기슭 초가집

어버이 반겨 주시고
누렁이 꼬리 저으니

고향은 선명하다.

향나무 가지 아래 우물에
고운 얼굴 꿈같이 잠기니

미움 아직 찾지 못했네

꽃지 할아버지, 할머니 바위

초대 받은 사람

예식장에는
많은 사람들 떠들썩하다.

이리 저리 둘러보아도
낯선 사람들 뿐이다.

그래도
초대한 사람은
알고 있겠지.

세상에는
여기 저기
오가는 사람들 많다.

좁아지는 지구촌
낯선 사람들 뿐이다.

어쩌다 안다 해도
아주 조금, 얼굴 뿐이다.

그래도

초대하신
하나님만은 알고 계시다.
아주 많이.

내어 놓고 슬퍼할 수 없거든

내어 놓고 슬퍼할 수 없거든
운동장에서
밤에라도 볼을 차라.

어디로라도 힘껏 차라
달려가 다시 차라
쫓아가 또 차라.

볼도 차고
달도 차고
내 마음도 차라.

내어 놓고 슬퍼할 수 없는 것
내어 놓고 기뻐할 수 없는 것
다 차 버려라.

비가 오나 눈이 내리나
달이 밝든지 별이 빛나든지
볼을 차라.

종아리에 살이 오르듯

새로운 버릇이 생겨나듯
가슴 속엔 텅 빈 운동장만 남으리라.

남해금산

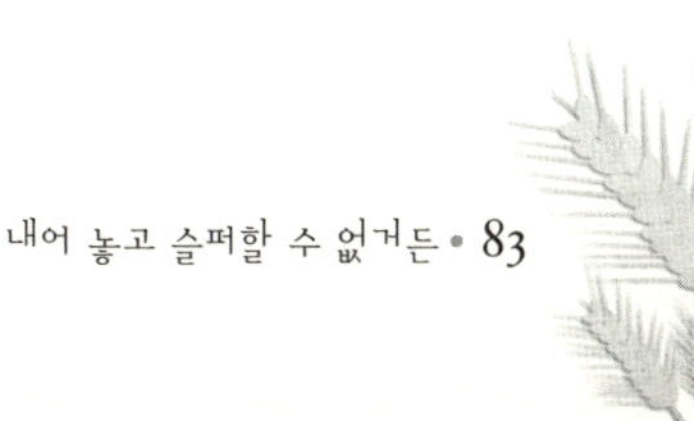

미워하는 이유

미워하는 이유
알아 무엇 하나

사랑과 미움
동전의 앞 뒤

앞이 뒤를 못 보듯
사랑할 때 미움을 못 본다.

사랑에 이유가 없듯이
미움에도 이유가 없구나.

만날 때에 떠나감을 생각 못하듯
떠나갈 때 지난 일을 되씹지 못하는구나.

미워하는 이유
떠나가는 이유
알아 무엇 하나.

우리네 사랑을

우리네 사랑을 변치 않는다고 믿었더냐
돌아서면 아무것도 아니요
불 붙던 아궁이에 물 부어 버리듯
꺼져 버리는 것을.

해 아래 아름다움 비길 데 없다더냐
초승달이 보름달 되어도
흰 눈이 펄펄 내리어도
저녁 노을 하늘을 물들여도
마음 한 번 돌아서면
하늘과 땅보다 더욱 먼 것을.

우리네 사랑을
한 가락 유행가 노래 말처럼
다시는 사랑을 노래하지 않으리
우리네 사랑을.

채울 수 없는 빈 자리

마음 속 빈 자리는
채울 수 없다.

그윽한 향기
고운 꽃 송이로도.

채우려면 더욱 넓어지는
마음 속 빈 자리

지나가는 구름아
스쳐가는 바람아

지루한 겨울이 가도
새 봄은 더디구나

내 마음 속 빈 자리
언제 채울 수 있을까

그들은 다 거기 있고

진달래 개나리 벚꽃 목련
하루가 다르게 핀다.

꽃인데
내 어찌 내 나름을 걸었던가

초생달 보름달 그믐달
차례대로 변한다.

달인데
내 어찌 달로 보지 아니 하였나

산도 물도 바다도
그들은 다 그대로이다.

그들은 다 거기 있고
나는 여기 있을 뿐이다.

돌아섬이 보이거든
잡지를 말아야 한다.

그들은 다 거기 있고
나는 언제나 여기 있을 뿐이다.

보이지 아니 하는 것은
변함도 돌아섬도 없다.

이렇게 헤어지자

— 자동차를 팔며

너와 나는
그렇게 만났다가
이렇게 헤어지는구나

칠년 여
지구를 네 바퀴도 넘게
아주 밀착하여 지내었구나

나의 발도 되고, 친구도 되고,
때로는 애인도 되었는데
내 무정하게 너를 보낸다.

되새기질 말아야 할
사연 품은 채
네가 무정하다고 탓하는구나

그러나
모쪼록 잘 가서
잘 지내어라.

너와 나는

구차한 약속일랑 말고
이렇게 헤어지자.

두 번째로 잘 하는 집

용인 땅 어정을 지나다 보면
"보리밥 두 번째로 잘 하는 집"이 있다.

너, 나 없이
"제일"이 판을 치는데

그 마음씨 고와
보리밥도 맛있다.

그래서

음식이 맛이 있으면
두 번째로 잘 하는군요 하면

주인은 영락없이
제일 잘 하는 곳이 어디냐고 묻는다.

아직 찾지를 못했다고 하면
주인과 나는

흐뭇한 마음으로
한 바탕 웃는다.

아니 온 듯 다녀 가소서

서해안고속도로 서산 나들목 나오면
"아니 온 듯 다녀 가소서 운산 파출소"
플래카드가 걸려 있다.

오는 사람 반갑지만
두고 가는 쓰레기 미워서
그랬나 보다.

곰곰이 생각하니
무서운 말이다.

살다 갈 이 세상에
아니 온 듯 다녀 가소서

세상을 살면서 무심코 뱉은 증오의 말 한 마디
마땅히 하여야 할 바를 아니 하고 내어쉰 한숨
몸소 행치 아니 하고 헛된 말로만 이어진 말 장난
두고 가는 쓰레기 얼마나 많을까

아니 온 듯 다녀 가소서

"주님의 빛나는 이슬이여(이사야 26장 19절)"
티끌 속에 살면서도
맑고 밝게 살다 가게 하소서.

붕어 빵에 붕어가 없듯이

길고 지루한 장마 속에
논산법원論山法院을 가며 차창 밖을 내다본다.

추석秋夕이 다 되었는데
벼 이삭 숙이지 않아 안타깝다.

내 속에도 내가 없으니
내 영혼에 믿음 없으니
주님, 얼마나 안타까워 하실까

그런데,
붕어 빵에 붕어가 없듯이
논산論山에 논산법원論山法院이 없다.

화성華城에 화성華城이 없고
수원水原에 화성華城이 있듯이
내 마음에 주님이 아니 계시네

내 어찌 쭉정이로
가을을 맞을까
심판을 받을까

5. 왜 산이 솟아 있고

- 왜 산이 솟아 있고
- 산과 물
- 산은 구름을 잡지 않고
- 산은 산이다
- 산길을 걷자니
- 산과 강

왜 산이 솟아 있고

하늘과 땅이 생길 때
그 때부터

산은 이 땅을 지켰고
강은 이 땅을 흘렀다.

짧고 작은 내가 어찌
그 깊고 높음을 짐작이나 하랴

하물며
내 마음 속에
산과 강을 가두어 보려는
오만방자傲慢放恣함

그래도
나는 산과 강을 노래하리라.

왜 산이 솟아 있고
왜 강이 흐르고 있는지를.

산과 물

나는
산과 물을 노래하리라.

하늘은
따라 오라 산을 부르고

바다는
흘러 오라 물을 부른다.

성현聖賢은
따라 오라 길을 일러주건만

나는
엉거주춤 발을 못 뗀다.

산은 구름을 잡지 않고

도움은
하늘에서 내려와
줄 사람 찾으려고
산에 머문다.

기다림은
꽃 잎사귀에 이슬 방울로
그리움이란 열매를 남긴다.

산은 지나는 구름을 잡지 않고
물은 추억의 언덕을 보지 않는다.

고목에 잠시 앉아 노래하던
날아간 새를
산과 물은
어이 그리워 하랴

산은 산이다

― 선정릉 거닐며

빌딩 숲 속에 있다 해도
산은 산이다.

산 줄기 잘라지고
한 줌만이 남아 있다 해도
아픔을 품고 있다 해도
산은 산이다.

진달래 송이 속에
봄이 가득하다.

나물 바구니 속에
봄의 향기 가득하다.

임금님 잠든 둥근 언덕 위
마른 잔디 속 잎
정답게 속삭인다.

모진 세상이라 해도
견디고 있는 산은
아름다운 꿈을 잃지 않았다.

사방이 크고 작은 건물로
가려 있다 해도
끝 보이지 아니 하는
푸른 바다가 보이기에
산은 산이다.

산山길을 걷자니

산길을 혼자 걷자니
오르내리는 사람 많으나
나 혼자 산을 만난다.

어쩌다가 이제 왔느냐며
부질 없음에 끌려 다녀 상한 가슴을
어머니처럼 토닥거리어 준다.

눈물겹도록 보고 싶은 산은
싹트는 나뭇가지 사이에
아른거린다.

할 일 마치고 흙으로 돌아가는
가랑잎을 만지니
역행하며 몸부림친 어리석음 부끄럽다.

먼 산과 가까운 산
잘도 어울리고
골짜기마다 봄이 자욱하다.

산길을 혼자 걷자니
나 혼자 산을 만난다.

산과 강

산은 흐르는 강을 굽어보며
강은 서 있는 산을 바라본다.

산은 떠나간 강을
강은 떠나온 산을
어느 때에나 잊을까

강물에 발을 던지니
간지럽고 차가운데

쌓인 모래에 철썩 주저앉아
그리움을 새 발자국에 넣어 본다.

흐르는 강을 뜻 있게 굽어 보며
서 있는 산을 정겹게 바라본다.

산도 그 산이고
강도 그 강인데
바람만 지나간다.

"강물은 다 바다로 흐르되
바다를 채우지 못하네" (전도서 1장 7절 말씀)

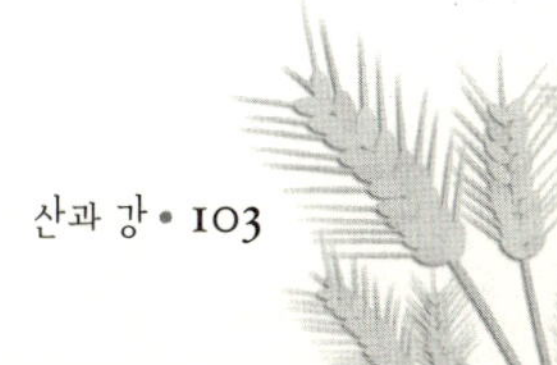

6. 황악산 직지사 둘러보고

황악산黃嶽山 직지사直指寺 둘러보고

직지인심直指人心
견성성불見性成佛
(바로 마음을 가리켜
성품을 보아 부처를 이룬다.)

그래서
직지사直指寺란다.

산기슭 개울가 넓은 터에
즐비한 절 집
옮겨진 석탑石塔은
이제야 자리잡았구나.

능여能如의 지혜智慧로
왕건王建은 사지死地를 탈출脫出했고
서산西山과 사명四溟의 충성으로
왜구倭寇로부터 나라를 지켰다.

단풍丹楓 곱게 물든 뜰 안
탑塔 위에 푸른 하늘
옛 임의 고운 모습

아늑하게 서렸는데

여기 저기 덧칠하듯
마구 지어대니
부처님 마음 어떠할까

선릉宣陵 정릉靖陵 둘러보고

부서진 산자락
애타게 버티고 있는
한 줌의 숲

성종成宗과 중종中宗
두 임금님 잠드신 곳

문화文化의 꽃 피고 지고
철인군주哲人君主의 다스림
꿈으로 남겼구나

외척外戚의 세력勢力 판을 치고
외세外勢의 침범侵犯 쉬지 않아
잠인들 편안便安했을까

푸른 소나무 사이
혼령魂靈들은 떠돌며

아직도
혼탁混濁한 정치계政治界를
훈수訓手하고 있나 보다.

수도산修道山 봉은사奉恩寺 둘러보고

산山이 아니요
도심都心에 버려진 진주眞珠

신라新羅 원성왕 때
연회국사緣會國師 창건創建한 봉은사奉恩寺

진여문眞如門 들어서니
보우普雨 청호 공적비

대웅전大雄殿 현판懸板에는 추사秋史의 솜씨
삼층석탑三層石塔 상륜부上輪部 화려華麗한 끝
파란 하늘 간신히 걸려 있다.

경판을 보관한 전각 현판 "판전板殿"
추사秋史의 마지막 체취體臭

남호대사南湖大師는 서시誓詩로
율명律名을 천하에 떨치고
여인女人은 청정심淸淨心으로
수행修行을 했다네

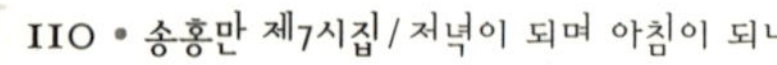

"이 몸 부처 되기까지 금계禁戒 굳게 지키리니
이 목숨 버릴지언정 이 마음 변치 않으리"

무지無知한 중생衆生들의 소음騷音 속에
산새는 성이 나서 앙살을 부리고
스님은 힘주어 목탁木鐸을 친다.

가슴앓이 타는 불을
눈물로 끄지 못하니
서시誓詩 한 줄 못 짓겠다.

부석사浮石寺 둘러보고

당唐나라가 쳐들어 온다는 소식消息 알리려
귀국歸國한 의상義湘은 이곳에 절을 세웠다.

그때의 선묘善妙의 힘은
아직도 뜬 돌로 떠 있어
부석사浮石寺란다.

태백산太白山 부석사浮石寺
한 걸음 한 걸음 오르면
절 집은 한 채, 한 채 맞아준다.

몸집 좋은 무량수전無量壽殿
앞에는 석등石燈,
양 옆에 부석浮石과 삼층석탑三層石塔

그 뿐이랴
소백산小白山 줄기 이어져
백두대간白頭大幹 달리는 겨레의 얼
힘차게 달림 역력歷歷하다.

조사당祖師堂 동창東窓 아래에는

싱싱하거나, 시듦을 보고
나의 생사生死를 알라며
꽂아 놓은 의상義湘의 지팡이에
선비화仙扉花 언제 피어나나

이제는
잎이 피고 지는 일 없어
비선화수飛仙花樹란다.

절 마당 좁아도
바라보는 마당은 끝이 없구나

소수서원紹修書院 둘러보고

소백산小白山 내린 물이 죽계천竹溪川 이루고
회헌晦軒 안향安珦
학문學問에 뜻을 두었던 숙수사宿水寺 터
주자朱子의 가르침 내리어 성리학性理學 넘쳐 흘렀다.

신재愼齋 주세붕周世鵬은 백운동白雲洞 서원書院을 짓고
퇴계退溪 이황李滉은
소수서원紹修書院 현판懸板을 하사下賜 받았다.

학문學問의 맥脈이
샘물로 솟아 흘렀다.

당간幢竿의 지주支柱만이
옛 절을 알려주고

지락재至樂齋에 앉으니
연비어약鳶飛魚躍
하늘에는 솔개 날으고
연못에는 고기 뛰노네

바위에 새겨진 경敬 자字

경이직내敬以直內 의이방외義以方外
(존경尊敬함으로 마음을 곧게 하고
의義로써 행동行動을 반듯하게 하라)

소나무 사이에
아직도 선비들의 고고孤高한 마음 자욱하다.

청다리(제월교霽月橋) 밑에
지금只今은 줏어 갈 아이 없겠지.

가지산迦智山 석남사石南寺 둘러보고

낙동정맥洛東精脈의 제일봉
석면산石眠山이라고도 하는 가지산迦智山

이 산 남쪽에 자리잡아
석남사石南寺란다.

신라新羅 헌안왕憲安王 때에
도의선사道義禪師 창건創建한
천년사찰이란다.

일주문 들어서
울창鬱蒼한 소나무 숲 굽은 길을 지나
두 줄기 냇물이 모이는 곳에
침계루枕溪樓

석가탑釋迦塔을 닮은 대석탑
천년千年 세월歲月에 찌든 삼층석탑三層石塔

쏟아질 듯 뒷산 바위 잠을 자고
청아淸雅한 물소리 꿈 속을 오간다.

속세俗世의 먼지를 털어 보자
지은 죄罪를 회개悔改하여 보자.

밀양 얼음골에서

영남의 알프스
남아답게 달리는 산줄기
천황산 기슭

흘러내린 너덜 돌 무더기
돌 사이 속에는 얼음이 있다.

이제는 철조망으로 둘러 있어
얼음은 만져 볼 수 없지만
온도계가 영하를 보여준다.

더우면 더울수록 차가운 바람이
추우면 추울수록 따스한 바람이
이 골짜기를 흐른단다.

한여름 대낮인데
돌 사이사이 시원한 바람
물 따라 흐른다.

그래도
아픈 손가락 호호해 주시던
어머님의 입김만은 못하구나.

아우라지에서

골지천骨只川과 송천松川이 만나
조양강朝陽江 뗏목을 띄운다.
아우라지 아우라지

너와 내가 어우러져
어디로 가는 건가

어버이의 나라를 부를 수 없어
숨어 숨어 살면서
아들 딸 낳아
아우라지 아우라지
어우러져 살아야지

싸릿골 어여쁜 처녀處女 홀로 두고
흘러 흘러 한양漢陽 천리千里
꿈마다 임과 어우러져
아우라지 아우라지

오늘 여송정餘松亭 올라보니
흐르는 두 물 어우러져
너와 나도
아우라지 아우라지

아우라지 뗏목

7. 황악산 오르며

- 황악산 오르며
- 사량도 지리산, 불모산 오르며
- 희양산 오르며
- 비슬산 오르며

황악산黃嶽山 오르며

잠든 황소의 등을 오르듯
비단처럼 부드러운
산등을 오른다.

이 땅의 척추脊椎답게
큰 선線을 그었구나.

학鶴이 많이 살아
황학산黃鶴山이라 했단다.

백운봉 오르니
백두대간白頭大幹이다.

싸락눈 반짝이며 나르고
억새 잎 어석거린다.

정상頂上에서
사방四方을 둘러 보니
흐린 속에
육중肉重한 산줄기
직지사直指寺를 품었구나

오랫동안
라제국경羅濟國境
지금도 호남湖南과 영남嶺南의 갈음마

황소는
아직도 잠을 자는구나.

사량도蛇梁島 지리산智異山 불모산佛母山 오르며

남해南海 바다 사량도蛇梁島
이름 만큼이나 슬픈 전설傳說이
산줄기 따라 이어졌다.

이루지 못한 짝사랑
맺힌 슬픔 괴로워 죽어 뱀이 되어
사량도蛇梁島라네

조각彫刻 중인 작품作品인가
조각彫刻 마친 작품作品인가
새 부리로 쪼았는가

날선 바위 길을
기어 오르니
바다는 더욱 푸르다

지리산智異山
사람들은 지리산智異山이 보인다고
지리망산智異望山이라 부른다.

올라온 산 줄기

올라갈 산 줄기
영락 없는 뱀 한 마리

울퉁불퉁한 산 봉우리들
불 붙는 사랑 뭉친 듯
토하지 못한 가슴앓이

푸른 바다에 흘린 눈물
조개 속에 스며들어
고운 진주 되었겠지.

불모산佛母山(가마산) 넓은 바위에
이리 저리 둘러 보다가
옥녀봉玉女峰 바라본다.

성숙成熟한 딸 옥녀玉女와 홀아비의 애석한 넋
바위 절벽絶壁에 걸려
비 오는 밤이면 피가 되어 흐른다네

사랑도 미움도 지나고 보면 헛되고 짧은 것
사랑이나 미움이 지나간 상처傷處

해 지고 달 뜨면 나으련만……

슬픈 사량도_{蛇梁島}
이제는 사랑만이 이어지게
사량도라 불러주자.

희양산曦陽山 오르며

봉암사鳳巖寺 찾아 걸어가며 바라본
희끗 희끗한 바위 산
오늘 그 희양산을 오른다.

조상님 지어 주신 의인촌義仁村
그 고운 이름 아직도 못 찾은 채
은치銀峙라 부르는 마을
형상形狀이 여궁혈女宮穴이라
동구洞口밖에 남근석男根石을 세웠다네

눈 맞으며 산길 걷는데
푸른 솔잎에 흰 눈이
파아란 하늘에 그려졌구나

능선稜線은 백두대간白頭大幹
왕건王建과 견훤甄萱의 격전激戰 모습貌襲은
지금只今도 경상도慶尙道와 충청도忠淸道의 갈림 등성이다.

구왕봉 힘겹게 오르니
앙상한 나무 가지 사이로
잘 생긴 바위산 희양산曦陽山

저만치 다가와 서 있다.
내어 보이려는 젊은 여인女人과는 달리
그대로의 모습貌襲인 어머님 닮은 산

오늘 오르지 못할 산
마음껏 바라보며
마음 속 깊게 다짐하며
지름재에서 해골바위로 내려오며
아쉽게 뒤돌아 본다.
희양산의 뒷 모습을.

비슬산琵瑟山 오르며

이름이 좋아 나섰다.
비파琵琶와 가야금伽倻琴 산줄기
그 사이로 고운 물소리 듣고 싶어서다.

오르기 힘든 벼슬(관직官職)
그래서 벼슬산인 것을
불자佛者는 천지창조신天地創造神(비슈뉴VISNU)
비슬산이라고 한단다.

유가사瑜伽寺 지나 정상에 오르니
철쭉 봉우리는 구름 속 아직 꿈길

대견사大見寺 터에 이르니
앞은 단애斷崖 뒤는 암벽岩壁
암벽에는 알 듯 말 듯한 선線이 아직도 그려지고
하얀 삼층석탑은
단정端正한 차림으로
주변의 바위들 이름을 부르고 있다.

소재사消災寺를 지나 산행을 마치며
지나온 낙동정맥洛東正脈

한 허리를 바라본다.

벼슬길 마치고
산천경개山川景槪 둘러보는 마음
기쁘기만 하구나

8. 음악으로 글씨로

바위, 샘, 그리고 작은 새들

송홍만 작사

송기춘 작곡
2000.1.3

어 머 니
어머니 손길 그리워

송 홍 만 작사
김 정 수 작곡

Moderato

며 - 시 부르고 싶다 덥석 안 아 주시던 어머
니 손길 그리워 왈 - 칵 울고 싶 다 눈 물
닦 아 주시던 어머니 손길그리워 조 용
히 잠들고 싶다 꿈 속 어 린 시 - 절 어머

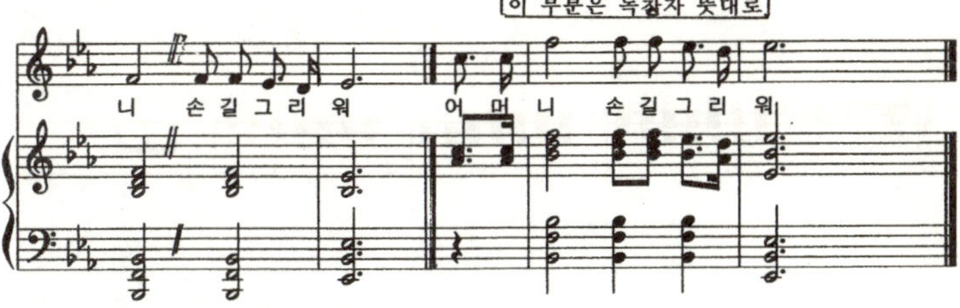

어머니의 애정은 그리움과 사랑의 가장 깊숙한 공간을 점하면서 근원을 지향하는 수구초심(首邱初心)의 발심(發心)을 갖고 있다. 이는 '옷깃을 털어 주시던'과 '젖은 옷 말려 주시던' 그리고 '덥석 안아 주시던'의 구체적인 행위에 감동을 받은 회고에서 비롯된— 시인의 정서를 자극하는 이유가 된다. 물론 이런 정서는 '꿈 속 어린 시절'로 돌아가는 넓은 길의 확보— 나이가 들어가면 점차 과거지향의 특색을 갖기 마련이다. 미상불 송홍만도 인생의 황혼을 바라보는 나이에서 점차 근원으로의 회귀에 눈을 돌리기 때문에 그 첫 번째 대상이 어머니로 포착된다. 물론 어머니의 체온을 그리워하는 직접적인 근거는 1연에서 '눈 맞으며'와 '비 맞으며'에 따른 고난. 아픔 조건 때문에 '손길 그리워' 시인의 정서가 발동하게 된다. 이런 정서는 다시 부르고 싶다' '울고 싶다' '조용히 잠들고 싶다'의 소망을 띄우면서 또 다시 어머니의 손길에 그리움을 싣게 되는 절차로 돌아간다. 이순(耳順)의 언덕을 넘어가는 나이에서 새삼 어머니의 손길을 그리워하는 정서는 그만큼 순수를 아는 정서와 상통한 사고(思考)이다.

고향의 변형은 어머니와 같다. 물론 떠나온 고향으로 다시 귀향한다 해도 새로운 것도 신기함도 있을 수 없지만 고향은 항상 인간의 가슴을 점령하는 모상이 된다.

50년을 불러봐도 대답없는 메아리여 !

나 작곡자는 1934년 서울.성북동52에서 태어나, 일본치하에서 고생하다, [해방]이 되어 평화롭고 살만한 때에 1950.6.25주일 새벽 남침으로 피난을 떠나 고생 끝에 돌아왔으나, 석달만에 1.4후퇴로 다시 떠난 피난 길에서 우리는 헤어져, 홀로된 어머니는 돈떨어지고. 누울 곳없고. 지치고. 굶고. 전방으로 떠난 자식 기다림에 지쳐 병들어 이름모를 곳에서 죽으셨으리라. [어머니의 삭은 뼛조각]이라도 한번 만져봤으면, 이토록 가슴 저리지는 않으리라. 대답 없는 어머니여 !

감 사 하 면

송 홍 만 작시
2003.김 정 수 작곡
기쁨으로 힘차게
1.감 사 하 면 하 나 님 의 음 성 이 들 려 오 고 감 사
2.감 사 하 면 내 마 음 이 평 안 해 진 다 오 감 사
하 면 하 나 님 의 말 씀 이 믿 어 지 네 감 사
하 면 나 의 삶 에 축 복 이 넘 친 다 네 감 사
하 면 괴 - 롭 고 고 달 픔 살 아 지 고 감 사
하 면 내 마 음 이 기 쁘 고 즐 겁 도 다 감 사
하 면 어 둔 앞 길 환 하 게 열 린 다 네
하 면 감 사 하 면 기 쁨 이 넘 - 치 네

버리고 싶네

송 홍 만 작시
2003.김 정 수 작곡

Cm
Fm
G
1 내 속 사 람 은 하 나 님 의   법 을 즐 거 워 하 네
2 더 가 질 것 이 없 다 해 도   욕 심 만 은 남 았 네
Cm
Fm
Gm
Cm
내 속 에 못 된 다 른 법 을   훌 훌 벗 어 버 리 고
제 철 이 지 난 헌 옷 처 럼   훌 훌 벗 어 버 리 고
Ab
Eb
Ab
Cm
G
오 호 라 나 는 곤 고 한 사 람   어 둠 에 서 누 가 건 지 랴
오 내 주 예 수 그 리 스 도 의   새 옷 으 로 갈 아 입 었 네
Cm
Fm
Gbm
Eb
그 러 나 그 리 스 도 영 을 받 아   사 망 권 세 이 기 었 도 다
우 리 는 양 - 자 의 영 을 받 아   아 바 아 버 지 라 부 르 리

내 잔이 넘치나이다

송 홍 만 작시
2003.김 정 수 작곡

어머님 손길

어 머 님 손 길 그 리 워
살 며 시 부르고싶 다 덥 석 안 아 주시 던
어 머님손 길 그 리 워
왈 칵 울고싶 다 눈 물 닦 아 주 시 던
rit.

어 머 님 손 길 그 - 리 - 워
조 용 히 잠들고싶 다 꿈 속 어 린 시 절
어 머 님 손 길 그 리 워

하나님은 주춧돌을 놓으시고 나는 어루만지며 그저
감사할 뿐 주님은 기둥을 세우시고 나는 바라보면서
그저 감사할 뿐 성령님은 지붕을 덮으시고 나는 울려
보면서 그저 감사할 뿐

귀로 들리지 않는 소리 듣게 하여주신은혜 내잔이
넘치나이다 눈으로 보이지 않는 길 보게 하여주신은혜
내잔이 넘치나이다 힘으로 갈수없는곳 들어올려 주
실은혜 내잔이 넘치나이다

송홍만 詩 / 송준용 書

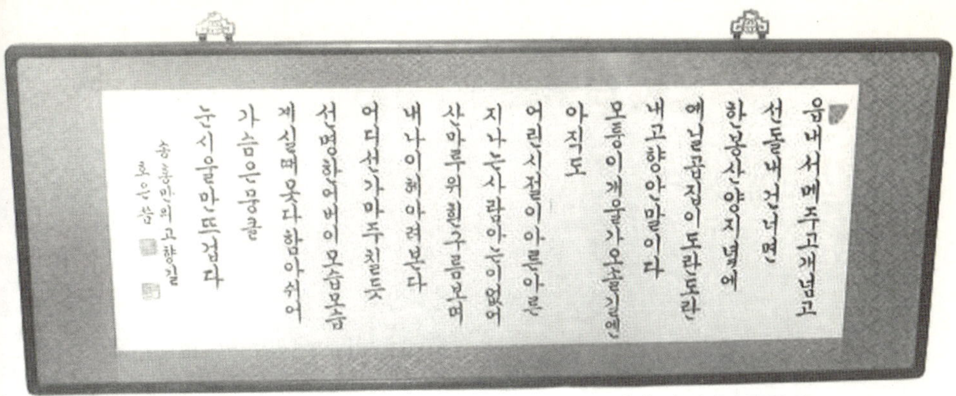

송홍만 詩 / 송준용 書

수원 레이디스 챔버 연주 모습

송홍만 제7시집

저녁이 되며 아침이 되니

·

지은이 / 송홍만
펴낸이 / 김재엽
펴낸곳 / **한누리미디어**

·

100-845, 서울시 중구 을지로 2가 148-73
신화빌딩 401호
전화 / (02)2278-4513, 2268-4514
팩스 / (02)2268-4524

·

등록 / 제16-467호(1993. 11. 4)

·

초판발행일 / 2003년 12월 1일

·

ⓒ 2003 송홍만 Printed in KOREA

·

값 6,000원

·

E-mail/hannury2003@hanmail.net

·

※잘못된 책은 바꿔드립니다.
※저자와의 협약으로 인지는 생략합니다.

·

ISBN 89-7969-238-2 03810